ON DE CONTES ET CHANSONS POPULAIRES

CHANSONS ET FÊTES DU LAOS

PAR

Pierre LEFÈVRE-PONTALIS

PARIS
ERNEST LEROUX, EDITEUR
28, RUE BONAPARTE, 28

1896

COLLECTION

DE CONTES ET CHANSONS POPULAIRES

XXII

CHANSONS & FÊTES

DU LAOS

LE PUY. — IMP. RÉGIS MARCHESSOU.

CHANSONS ET FÊTES
DU LAOS

PAR

Pierre LEFÈVRE-PONTALIS

PARIS
ERNEST LEROUX, ÉDITEUR
28, RUE BONAPARTE, 28

1896

AVANT-PROPOS

J'ai recueilli les chansons suivantes, au cours de deux voyages au Laos, sur les rives du Mékhong. La plupart étaient gravées au stylet, sur des feuilles de palmier, car on ne connaît guère d'autre papier que celui-là, dans cette partie de l'Indo-Chine.

On ne trouve pas de rimes dans ces chansons; le mètre en est des plus irréguliers; leur mérite ne consiste pas dans la prosodie, mais dans des images parfois gracieuses, pour la plupart improvisées.

L'explication littérale du texte laotien m'a été fournie par un interprète fort distingué. Tchioum, après avoir passé plusieurs années à Paris, comme élève de l'École coloniale, m'a donné, comme compagnon de voyage, des preuves constantes de sa finesse et de son intelligence. Il fait partie de cette race cambodgienne, si sympathique, à laquelle les Laotiens doivent leur civilisation et leur religion, et qui a souffert de l'hostilité et de la jalousie des mêmes ennemis. — Au Laos, on aime les Cambodgiens; mais les femmes du Cambodge, épouses ou mères prudentes, ont peur, lorsqu'elles voient leurs maris ou leurs fils s'éloigner vers les pays du Nord. Elles connaissent la puissance de séduction des filles Laotiennes et redoutent ces sirènes, si habiles à détourner leur bien.

Il règne, dans ce pays, une grande familiarité entre jeunes filles et jeunes gens; sous prétexte de chansons et de musique, ils multiplient les occasions de rencontre. Quand les hommes font usage du khène en

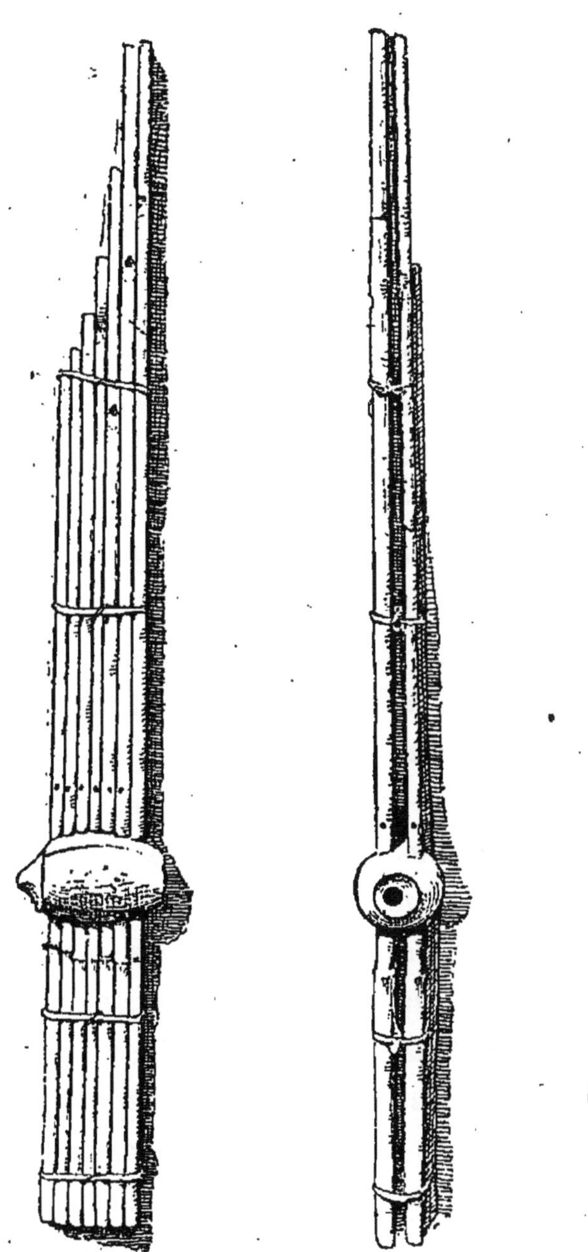

Kouy
(flûte).

Kouy
(flûte).

Khène
(orgue en bambou).
Instruments de musique Laotiens
(Musée Guimet).

bambou, souvent long de trois mètres, on peut vraiment dire qu'ils fredonnent l'amour sur des pipeaux rustiques. Si simple et si primitive que soit leur musique, ainsi qu'il est facile d'en juger par l'air laotien que nous avons pu emprunter à la publication de la mission de Lagrée, est-elle dépourvue de tout intérêt pour ceux de nos compositeurs qui ont été chercher déjà quelques inspirations dans les pays de l'Extrême-Orient? — Le capitaine Low a publié autrefois, dans le journal de la Société Asiatique de Londres, plusieurs airs birmans, siamois et malais, qui ne sont pas sans analogie avec la musique laotienne, fort différente elle-même de celle des Chinois et des Annamites.

Le khène est sans doute un instrument barbare, aussi peu digne d'être employé dans la musique européenne que de figurer dans les puissants orchestres que Java, Siam et le Cambodge ont su emprunter à l'Inde. Il est loin de posséder le charme mélancolique du xylophone, si doux à entendre de loin, le soir, quand il fait beau; mais, comme

Musique Laotienne.

l'humble bignou qu'il rappelle, c'est l'instrument par excellence des fêtes locales; c'est, au Laos, l'inséparable compagnon de celui qui chante et qui aime.

P. L. P.

CHANSONS & FÊTES

DU LAOS.

Le souvenir de Luang-prabang me paraît toujours inséparable des doux parfums de l'aréquier en fleurs, du jasmin et du tchampaka, pendant les belles nuits, lourdes mais étoilées du Laos, où, dans les rues ombragées par les palmiers à sucre et les cocotiers, le long des jardins palissadés, remplis d'oranges et de pommes cannelle, circulent, en chantant, les groupes amoureux de jeunes gens et de jeunes filles. De la natte, où je m'efforçais de fermer l'œil, sous une moustiquaire, je percevais distinctement les échos de la rue. C'était parfois une phrase lentement scandée; plus souvent, un long cri guttural, étrange, semblable à celui d'animaux inconnus, appelant leurs femelles au fond des forêts. Et voici que, dans une rue voisine, un groupe répondait à celui qui, le premier, avait secoué l'engourdissement de la ville, emplissant l'air de cette évocation saisissante, dont il semble impossible de perdre le souvenir, une fois que les sens en ont été pénétrés.

Je me souviens encore de la tombée du jour, par un crépuscule de mai, où, pour la première fois, mon oreille entendit ces bruits. Était-ce le temps de la pleine lune, ou bien l'astre des amours avait-il disparu? Je l'ignore. Peut-être était-ce le huitième jour de la lune croissante ou décroissante; car ce sont là les jours choisis et favorables, les « *wan'pak* » chers aux Laotiens, où Bouddha, le Phra-Chao, lui-même, ne trouve rien à dire aux rencontres des amoureux dans les bosquets parfumés qui avoisinent les cases familiales.

Attiré par les voix, j'accourus. Il y avait là, sur un sentier, tout près du village, une bande de garçons et de filles qui se promenaient, avec des piques surmontées de bouquets; ils poussaient des cris singuliers, qu'ils accompagnaient de gestes significatifs.

Après avoir contemplé, pendant quelques instants, ce spectacle que rendaient plus curieux encore l'heure avancée du jour, les ombres des arbres qui s'allongeaient et le mystère qui toujours accompagne la nuit tombante, je rentrai chez moi, très impressionné, mais peut-être plus par la publicité de la scène, à l'entrée du village, sous l'œil complaisant des parents, que par le caractère original de cette fête d'amour, telle que nos mœurs nous permettent rarement d'en concevoir. Les deux chants qui suivent sont de ceux qu'en pareille circonstance, on peut entendre aux abords des villages. Dans le premier, les jeunes filles chantent les strophes du « *Cygne sacré* »; les jeunes gens, celles du « *Cœur soulagé* ». « *Le Cœur désespéré* », tel est le titre du second chant.

LE CYGNE SACRÉ

La jeune fille

Bon voyage, cygne sacré, aux ailes d'or,
Toi que j'aime, en souvenir du cycle passé.
Accomplis heureusement ton voyage
Et reviens ici sain et sauf, cygne sacré,
Après avoir porté cette lettre d'amour,
Que j'adresse à mon bienfaiteur adoré.
Bon voyage, cygne sacré, aux ailes d'or.
S'il pleut, mets-toi bien à l'abri.
Si le soleil brille, mets-toi bien à l'ombre
Et si l'on te demande où tu vas,
Ne réponds pas, ne dis rien à personne.
Toi, qui entreprends un si long voyage,
Évite la chaleur, ne vole pas trop haut.
Fuis les toits, à l'heure où le soleil est rouge,
Va, n'oublie pas tout ce que je t'ai dit,
Va porter cette lettre à mon bien-aimé.
S'il m'est fidèle, tu peux la lui remettre,
S'il ne veut plus de moi, lis-la seulement
Et puis, après, que le feu la consume.

Amour, que tu es fort et que tu me fais souffrir !
Pense-t-il à moi, à moi qui, toujours et partout,
Pense à lui, si bien que, sur cette terre,
Personne, autant que moi, ne souffre.
Sans cesse, je pense à toi que j'aime.
Je me déchire la poitrine et, tout le jour,
J'aspire à voir ton visage tant aimé.
Ta présence seule peut me consoler.
Quand mes vœux seront-ils exaucés ?
Quand serons-nous liés, unis à tout jamais,
Frère bien-aimé ? — Si tu es pauvre,
Viens auprès de moi, nous serons heureux.
Je t'en supplie, ne me quitte pas.
Que chaque jour notre amitié grandisse.
L'amour est une fleur céleste
Que mes dix doigts cherchent à t'offrir.
Au lieu des petits cierges en cire
Je te donne ma langue et ma bouche,
Accepte-les ; en souvenir de moi, je les offre.

LE CŒUR SOULAGÉ

Le jeune homme

Mon cœur brûle, et je souffre tout seul,
Je n'ai pas d'amis et, sans causerie,

Mes jours s'écoulent tristement.
Peut-être, dans une vie passée,
N'ai-je pas été bon pour autrui.
C'est pour cela que je vis seul et sans ami,
Je suis dépourvu de mérites; c'est pour cela
Que ma couche, à jamais, est solitaire.
Seul, dans la chambre bien-aimée,
J'attends ainsi la fin de mes malheurs.
Oh! toi que j'aime, si tu étais un diamant,
J'aurais essayé de te posséder,
Dans ma bague je t'aurais enchâssée,
Si, quelque part, semblable à ton visage,
Un objet se fût montré, l'ayant fait mien,
Comme un bijou je l'aurais gardé.

La jeune fille

Comme l'oiseau de paradis,
Dont les ailes sont si fines,
Autour de moi tu voltiges,
Tu me contemples, ô mon ami!

Le jeune homme.

Je suis un oiseau bien triste,
Qui ne peut, même quand il fait froid,

Rester enfermé dans sa cage.
J'aime mieux le soleil rouge
Auprès duquel je me réchauffe.
Je suis comme l'arbre, sans feuillage,
Je suis comme l'herbe qui pousse
Tout au milieu de l'étang sec,
Sans pluie, sous le soleil ardent.
Elle se fane et elle s'étiole !
Pour vivre auprès de toi, si belle,
Comment faire, et que faire aussi
Pour que notre amour soit durable ?
Que faire pour te voir, bien-aimée ?
Hélas, qui m'écoute, qui donc s'émeut
De ma faiblesse ? Si tu avais eu pitié,
Déjà dès longtemps tu serais mienne,
Et combien je serais heureux !
Que vois-je ? C'est le cygne sacré
Que m'envoie ta main chérie.
Crois-moi, ma sœur bien-aimée,
J'étais seul et ne pouvais manger,
Le cœur plein de chagrin, de tristesse.
Et voici qu'avec ton message adoré
La joie m'envahit, le bonheur et l'angoisse,
A cause de toi, de toi seule, ma chérie.
Lis ceci ; tu verras l'amitié, l'amour éternel.
Que les mots soient bons ou mauvais,

Qu'ils soient superficiels ou profonds,
Ils te paraîtront clairs comme les cinq fleurs.
La patience règne en mon cœur exaucé.
Je suis guéri, maintenant je ne souffre plus.
Arrange, oh ! chérie, ta belle chevelure,
Couvre de poudre ton beau visage,
Ouvre ma lettre et lis-la.
Ce n'est pas moi qui t'écris
C'est le ciel qui m'a inspiré.
Au séjour céleste, le premier des animaux
Est le Latsasi ; mais moi, ma bien-aimée,
Fils de l'éléphant, j'invoque sa protection.
Je demande la protection des anges,
Pour moi, et pour toi, également.
L'amour que tu m'inspires, ma chérie,
Est comme le rêve de la fourmi blanche,
Qui se construit un nid éternel.
Puisse le ciel veiller sur moi, me protéger !
Mais, si je dois être malheureux,
Je demande à m'abriter sous ton aile,
A vivre à l'ombre de tes mérites.

LE CŒUR DÉSESPÉRE

LE JEUNE HOMME.

Quand tu m'auras lu, réponds-moi.
J'ai consulté le livre sacré,
Où est inscrite notre destinée.
Égaux sont nos mérites,
Notre valeur est égale aussi.
Je suis le chiok qui, sur l'étang,
Flotte à la surface de l'eau.
Ses racines ne touchent pas le fond.
Aussi, devant ta beauté, je tremble,
Et ton intelligence me trouble.
Hélas, quel malheur, qu'ici-bas,
L'amour cède autant à la colère,
Qui fait oublier les serments !
Écoute-moi, ma bien-aimée,
Toi, dont l'intelligence est si belle,
N'oublie pas que la colère
Mène souvent à la folie.

La jeune fille.

Quel bon augure de recevoir, aujourd'hui
Mercredi, ton message adoré, mon chéri.
Je ne sais pas écrire, comme toi,
Qui étais bonze, enfant, à la pagode.
J'ai fait des fautes, excuse-moi.
Et puis, dès que ma lettre fut partie,
Comme une folle, j'ai dormi,
Sans pouvoir reprendre mes sens.

Le jeune homme.

Sœur adorée, chaîne d'or des amours,
Réveille-toi, ton frère est là.
Aie pitié de lui, qui, pour venir à toi,
A fait un pénible voyage.
Que le ciel unisse et mon cœur et le tien,
Sœur chérie, prends pitié de mon cœur,
Il s'est penché sur toi. Ne l'arrête pas,
Épargne-moi, sœur bien-aimée,
La honte qui se répandrait au loin.
Rien ne pourrait retenir cette honte,
Un barrage de dix mille troncs de bois,
Le plus grand fleuve, le plus large.
Rien au monde ne la retiendrait.

Sœur, sauve-moi la vie, aie pitié.
Ne la laisse pas s'éteindre aussi vite.
Je suis seul, seul je passe toutes mes nuits.
Je suis comme une forêt très épaisse,
Que ne traverse aucun chemin.
Épargne-moi les espoirs d'un instant,
Comme le vent qui rase les arbres,
Ils passent, sans laisser de traces,
Et les feuilles n'ont rien respiré.
Tu es comme le nuage qui passe.
Un moment il s'arrête au faîte des arbres,
Et puis, en un clin d'œil, il disparaît,
Ma bien-aimée, si les mérites nous manquent,
Que les anges en versent sur nous.
Invoquons-les, fleur parfumée !

LA JEUNE FILLE.

Mon frère, écoute-moi, je t'en prie,
Depuis la terre, jusques au ciel,
Quand le vent caresse les feuilles,
La branche tremble en même temps.

LE JEUNE HOMME.

Je t'ai cherchée, quand j'ai vu ton visage,
Mon cœur s'est aussitôt troublé.

J'ai cru que la vie s'échappait de moi.
Ton cœur bat-il à l'unisson du mien ?
Je t'aime, plus que je ne peux le dire.
Il me semble être au sommet d'un arbre,
Un vaste espace est à mes pieds,
Au ciel est suspendue la lune.
Comment vais-je la toucher ?
Pour m'envoler, je n'ai pas d'ailes,
Pourtant, vers toi je voudrais aller,
Pour te tenir et pour te caresser.
Fleur que tu es, tu n'oses pas t'ouvrir,
Pour que le cygne sacré te becquette.
Tu tiens tes pétales fermés,
Pour les livrer à ses caresses,
Mon amour est tel, ô ma sœur,
Que, même au milieu des cieux,
Je suis prêt, partout à te suivre.
Mais, n'étant ni puissant ni fort,
Jamais je n'atteindrai la lune.
Ciel, sois moi donc favorable.
A la Lune daigne m'unir.

*
* *

Au printemps, quand les orchidées couvrent, de leurs grappes pendantes, les

Jeune fille Laotienne en promenade
(d'après un dessin indigène).

grands arbres de la forêt, les jeunes gens vont en bandes, au bois, dans l'après-midi, pour le « *năm dok mai* », la cueillette des fleurs. — Est-il rien de plus gracieux que cet usage qui associe, dans une évocation commune, les forces les plus fraîches et les plus vives de la nature, l'homme jeune et beau, le buste et les jambes libres, grimpant sur les arbres gigantesques, allant ensuite déposer au seuil de la forêt des gerbes de fleurs, où le rose se combine avec le blanc, le mauve avec le jaune ?

Le jour tombe. Voici venir le crépuscule, avec ses théories de jeunes filles riantes et gaies, que n'inquiète ni le cri des oiseaux de nuit, ni le murmure de ces millions de petits êtres qui naissent et chantent, une fois le soleil couché.

Elles subissent, au contraire, le doux frisson dont tous les êtres sont animés, et, lorsqu'elles rejoignent dans la forêt les jeunes hommes qui les attendent, elles entrent, à leur tour, dans le concert amoureux de toute la nature.

Mais les joyeux moments se sont écoulés. L'heure est venue de rentrer à la ville ; une procession s'organise. C'est à la pagode, aux pieds du grand Bouddha d'or, indulgent et placide, que les amoureux vont déposer leurs fleurs. Et, chemin faisant, ils entonnent des chœurs. Les garçons commencent, sur un air connu, le *kalung*, le *thaum-thaï* ou le *sam saï ;* les filles répondent ; et, pour conserver la mesure, pour animer le chant entre chaque strophe, tous s'associent dans un cri commun, un « *Heu Heu Heup* », qui retentit à tous les échos, et qui, particulier aux Laotiens, s'est transmis à travers les âges.

Comment les mères demanderaient-elles compte à leurs filles de ces pastorales, lorsqu'elles-mêmes ont connu jadis les ardeurs de la forêt et la fraîcheur des fleurs ; quand, au pied de l'autel, où leurs orchidées roses et mauves se sont fanées, elles déposent encore, chaque soir, des pyramides de jasmin et d'hibiscus ? D'ailleurs, le Phra-Chao, si bon, si bienveillant, n'est pas hostile aux amoureux. Ses temples, sur les murs desquels plus d'une main hardie a tracé des images troublantes, leur sont ouverts, au clair de lune, quand, sous prétexte d'aller déposer à ses pieds des offrandes ou de faire la charité aux bonzes jaunes qui le servent, ils accomplissent le « *pai bang* » et parcourent, la nuit, les rues de la ville, allant de pagode en pagode. — Les femmes, qui marchent en avant, portent leurs offrandes, dans des coupes d'argent ou dans des corbeilles laquées de rouge et de noir. Les hommes suivent, et tous chantent, non point des prières, mais des chants d'amour.

C'est au renouvellement de l'année religieuse, au « *Kao sang Kane* », pendant les fêtes d'avril ou du cinquième mois, que ces processions ont le plus de succès. Elles ressemblent alors à de vraies mascarades, à une fête des fous, quand le roi et les princes, entrant dans le cortège, se promènent, de jour, dans les rues de la ville et reçoivent les injures, l'arrosage et la boue de leur peuple en liesse. — La présence des bonzes, portés sur des palanquins dorés, n'étonne personne, au milieu de cette saturnale, où les jeunes gens enivrés dansent devant eux, déguisés, et où les filles jalouses s'acharnent à couvrir d'ordures leurs infidèles. Le soir, à la lueur des torches ou des mèches trempant dans l'huile de coco, c'est à la pagode qu'on se réunit, et les heures s'écoulent encore à deviser ou à chanter avec accompagnement d'orgue en bambou, en attendant le moment propice pour des rendez-vous plus intimes :

Le garçon.

Je suis sans maîtresse, ma chère.
Je suis libre, et je viens à toi,
Non, tu ne me repousseras pas.

La fille.

Ah, si j'en croyais tes paroles,
Tu serais tout entier à moi.
Mais ton cœur est à quelqu'un d'autre,
Je ne crois guère à ton amour.

Soirée Laotienne
(d'après un dessin indigène).

LE GARÇON.

Crois moi, je ne suis pas trompeur.
Ne sois pas fâchée, je t'en supplie.
Ne t'enfuis pas, ma bien-aimée.

LA FILLE.

Si tu dis vrai, sois bienvenu.
Mais je crains que tu ne mentes;
Je t'aime, mais j'ai raison de craindre,
Peut-être ton cœur est-il pris déjà,
Tes parents sont hostiles à notre amour.

LE GARÇON.

Ne crains rien de tout cela, ma chérie,
Je t'aime, et jamais rien au monde
Ne pourra vaincre mon amour.

LA FILLE.

Frère, tu ne m'aimes pas vraiment,
Car tu me laisses sans témoignage.
Ton amour est caché dans l'ombre.
Montre-le; je désire le connaître.

LE GARÇON.

Chère sœur, l'amour que j'ai pour toi,
Personne, ici-bas, ne le connaîtra
Dût-on chercher pendant mille jours.

LA JEUNE FILLE.

Si vraiment ton amour est tel,
Frère, qui pourrait lui résister ?
Allons à l'ivresse du plaisir,
Viens, je me livre toute à toi.

Qui oserait nier la tolérance du Bouddha, dans ce pays où son pied sacré, franchissant un peu tard les espaces, n'est venu, qu'il y a peu de siècles, se poser au sommet du Tiom-Si ? — Sans doute, il s'est imprimé dans la roche d'une manière indélébile, mais sans rien écraser autour de lui. Les esprits des ancêtres thais ont continué à errer et à flotter, autour des cases de leurs descendants, comme à l'époque où ceux-ci étaient encore fixés au centre du continent asiatique, loin des influences méridionales et des cultes philosophiques, destructeurs des croyances naïves.

Seuls, ces Esprits privilégiés, les Phyes ont une autorité morale suffisante, pour imposer une sorte de frein aux caprices des jeunes gens. La crainte respectueuse qu'ils inspirent est parfois capable de les arrêter, et quand, cédant à la passion, ceux-ci se sont laissé entraîner, ce sont encore les Esprits, maîtres de leur conscience, qui les châtient, en leur imposant une rançon et des sacrifices sur les autels de la famille.

Tant que vous voulez, jeunes gens, vous pouvez entrer le soir dans les maisons. Causez avec les parents, plaisantez avec la fille, exercez-vous sur le *khène* (orgue en bambou), le *sô* (violon) ou le *kouy* (flûte), pendant que les assistants chantent ou battent la mesure avec leurs mains ; personne ne vous dira rien. Mais, pendant que vous chantez, peut-être le père vient-il de sortir, ou la mère a-t-elle feint de se laisser aller au sommeil. Il se peut aussi que votre amie soit d'humeur accommodante ou même engageante. Méfiez-vous, non pas des coups d'épée, car nous ne sommes pas au pays de Juliette, et les crimes passionnels sont rares, mais il semble qu'on soit dans le voisinage d'Albion, tant il y a d'esprits, à la fois moraux et rapaces, qui voltigent dans l'air; et c'est avec de l'argent que se règlent ici les affaires d'honneur.

Tout est taxé, suivant les règles du « *peng pi heun* », d'après la gravité de l'acte et la situation de l'auteur; et, naturellement, il ne se passe pas de jour, sans que les tribunaux apprennent à la jeunesse laotienne à quel redoutable chantage elle se trouve exposée.

Phyes du foyer, combien pratique est la vertu des mères! Était-ce bien le but que se proposaient les premiers moralistes de la race, lorsque, poussés sans doute par l'expérience, ils essayaient d'opposer un frein à l'ardeur de la jeunesse? Prévoyaient-ils ces abus monstrueux du calcul féminin, ces procès quotidiens, ces mariages forcés et ces divorces continuels? — Non, assurément, s'il est vrai qu'il faille chercher la véritable tradition laotienne dans les fêtes gracieuses des « *wan pak* » et du « *nam dok mai* », et dans cet usage qui interdit toute poursuite contre les amoureux, surpris même à l'intérieur des maisons, à la pleine lune et pendant la durée des éclipses. — Là, point de procès ni de rançons ; c'est la revanche du pur amour. Le jeune homme a droit au mariage, sans que les parents s'y opposent ou tirent profit de ses sentiments. Il est vrai que le cas est rare, et qu'aux ruses des femmes, les hommes répondent souvent par une cruelle félonie. La naissance d'un enfant ne les empêche pas toujours de se dérober à l'union qui les gêne ; parfois aussi, la famille intéressée se contente de toucher la forte somme, ou bien la jeune fille ne recherche le mariage, aussitôt après rompu par un divorce, que pour satisfaire à la forme qui l'exige. Elle retrouve ainsi toute liberté, sans que sa réputation ait subi la moindre atteinte.

*
* *

C'est ainsi que la jeune Laotienne n'apprend d'abord à connaître de la vie que les douceurs. D'ailleurs, l'influence qu'elle exerce, loin d'être seulement passagère, s'impose même à distance, et rien ne donne mieux l'idée de la place que la femme laotienne occupe dans l'existence des hommes, que les trois lettres suivantes adressées à leurs amies par des jeunes gens en voyage.

I

Combien je suis triste, ô ma chère,
De me voir séparé de toi !
Tous les jours, je forme des vœux
Pour que tu vives dix mille ans.
Je pense à toi cent fois le jour.

En passant dans la forêt,
J'ai remarqué beaucoup d'oiseaux
Qui chantaient au milieu des bois.

Posés deux à deux sur les branches,
Ils gazouillaient et ils causaient.

Les autres voltigeaient isolés
Et se plaignaient d'être tout seuls.
Leur couche vide est comme la mienne !
Les premiers vont de fleur en fleur,
Respirant leur doux parfum.

Les autres voltigent toujours,
Leur cri plaintif jamais ne cesse.
Je pousse des gémissements aussi.
Ces oiseaux sont semblables à moi,
Qui vis toujours si loin de toi.

Jusqu'à ce que je te revoie,
Mon chagrin ne pourra cesser
Ni ma peine être soulagée.
Mon cœur sera triste toujours.
Je t'aime tendrement, ma sœur.

Je fais les vœux les plus sincères
Pour que, même dans l'autre monde,
Je puisse être ton compagnon,
Et que, toujours auprès de toi,
Je puisse être comme ton ombre.

Crois ma parole et mes promesses,
Que jamais je ne violerai.
Souviens-t'en, ma bien-aimée,
Quand ma lettre te parviendra.
Tant que tu peux, pense à ton frère.

Quand pourrai-je te caresser?
Autant que mon âme le désire,
Suis-je seul à me chagriner?
Ton frère souffre de tout son cœur
Au point qu'il éclate et qu'il meurt.

Si je ne meurs, l'amour me rendra fou.
Les larmes baignent ma figure,
Comme la pluie qui s'écoule.
Mon cœur est fidèle au tien;
Que le tien soit pur comme le mien!

O ma sœur, je t'en supplie,
Viens au secours de ton frère,
Qui demande que ton âme
Devienne semblable à la sienne,
Et ne fait que penser à toi!

Autour de moi que de parfums
Exhalent ces milliers de fleurs!

Mais je crains de les aspirer,
Car le seul que je désire
Est celui qui vient de toi.

Si ta porte restait fermée,
Que faire pour qu'elle soit ouverte ?
Mais, puisque tu veux me l'ouvrir,
Quel bonheur ! Toujours, auprès de toi,
Même pauvre, je veux vivre.

Ne brise pas, je t'en supplie,
Notre amour, et ne sois pas
Comme le pont qui s'est rompu.
Amour, sois comme le cristal,
Comme un fil d'or entre nous deux.

Sans doute, nous avons péché,
Dans l'autre vie, ma bien-aimée,
Puisque nous voilà séparés.
Combien tu es loin de mon âme,
De mon cœur, qui souffre sans cesse !

La peine, le chagrin, la tristesse,
Ne peuvent s'éloigner de moi,
Jusqu'à ce que j'aie tout expié.

Qui me donnera de l'eau sacrée,
Qui puisse effacer ma douleur?

II

Je prends le crayon, je t'écris,
Pour que tu saches mon amour,
Car je t'ai vue, ma chère sœur.
Il n'est pas ici-bas de beauté
Qu'à la tienne on ose comparer.

Je t'aime et ne peux t'exprimer
Le grand amour que j'ai pour toi.
Depuis le matin jusqu'au soir,
Je songe à ta personne si belle.
Mon amour, sans cesse, s'accroît.

J'ouvre la bouche pour te parler;
Mais voilà que le cœur me manque.
A toi je voudrais m'adresser,
Mais je suis tenu par la honte,
Belle chair jaune que j'adore.

Devant tous ces hommes et ces femmes,

Danse Kha (dessin laotien)

Je ne veux pas te compromettre.
Je ne veux pas que tu aies honte.
C'est pour cela, ma bien-aimée,
Que je t'adresse ce message.

Es-tu libre, n'as-tu pas d'ami,
Qui te serve de protecteur,
Qui de tant de dangers te défende?
Apprends-le moi, oui, parle vrai.
Le bonheur calmera mon cœur.

Dis moi si la route est libre;
Je la suivrai. Pour te défendre,
Je donnerai jusqu'à ma vie,
Comme un frère fait pour sa sœur.
Je planterai des arbres et des bornes.

Tu seras pour toujours à moi.
Au monde, je n'aime que toi.
Je m'incline aussi bas que je peux
Pour que tu saches, ô ma sœur,
Que jamais je ne te quitterai.

Écoute, fille à la chair si douce,
Jamais moi, je ne te tromperai.
De tromperie me crois-tu capable?

Que cet écrit soit entre tes mains
Le gage de ma parole.

Si jamais je me parjurais,
Toutes les injures seraient bonnes
Pour m'outrager, pour me punir.
Crois-le donc bien, je t'en supplie,
Je ne viens pas pour te tromper.

Je reste toujours sans appui,
Je suis sans écharpe brillante.
Mais ne crains rien, et n'aie pas peur,
Je ne demande à personne d'appui.
La nuit mes rêves vont au bonheur.

Le bonheur qui nous remplira,
Me fait rêver que je suis
Au sommet de l'Himalaya.
Je sens toute la confiance
Que je puis avoir en toi.

C'est pour cela que je me permets
De te parler ainsi d'amour;
Que ma lettre, aussitôt reçue,
Ne te rende pas furieuse.
Penses-y, et réponds, ma chair rose!

III

La fin du cinquième mois

Tu ne crois pas, peut-être, en moi,
Car je suis loin de ton visage,
Et tu crains d'être tourmentée.
Comme la maison privée de murs,
Le vent souffle partout autour.

Cela est pénible à voir.
La poussière remplit le lit.
A toi, mon or, j'ai donné mon cœur,
Et tout l'amour qui le consume,
Depuis ta première jeunesse

Mes fautes m'ont séparé de toi.
Malgré mon sort, je demande au Ciel,
Qu'il te protège, que, pour toi,
Il montre sa bienveillance,
Qu'en m'attendant ta vie soit longue.

Tous les souvenirs de ta jeunesse
Me hantent, au point qu'il est impossible

Que j'oublie jamais mon amour.
Que les anges m'accordent la joie
De nous réunir pour toujours.

Ne sais-tu pas la tristesse
De ton frère? Quoi, songerais-tu
A le quitter pour un autre?
Ouvre tes yeux, regarde bien
Le tendre amour que j'ai pour toi.

Je ne songe pas à te tromper.
Je veux que, pendant mille ans,
Notre amour dure sans cesse,
Et que toujours nous soyons unis
Jusqu'à la fin de notre vie.

Hélas, pourquoi donc nos fautes
Nous forcent-elles à nous séparer?
Nous sommes, ô ma sœur bien-aimée,
Comme la fleur du cinquième mois,
Qui si rapidement se flétrit.

Je pense, en versant des larmes,
A toi, toujours, ma bien-aimée.
Je renonce à tous les plaisirs
Et ne recherche personne,
Dans les fêtes du neuvième mois.

Car, sans cesse, du matin au soir,
Mon cœur au tien est attaché.
Quand le bonheur me reviendra,
Ainsi que tous mes mérites,
Tu sauras quel est mon amour.

Par quel singulier hasard, l'Indo-Chine peut-elle produire cette exceptionnelle créature, dont la place est, au foyer, souvent plus importante que celle de l'homme, et qui, même au dehors, semble être l'antithèse de toutes les femmes de la vieille Asie ?

Souvent jolie, toujours coquette, la Laotienne ne néglige aucun moyen de séduction, relevant en un chignon parfumé, sur le côté de la tête, ses cheveux noirs, où les fleurs se mêlent aux épingles d'or ; parsemant de fils d'or aussi l'étoffe rayée dont elle fait sa jupe (sine), et se drapant le buste dans une écharpe de soie éclatante, dont elle n'hésite pas à modifier habilement la pose, lorsqu'elle a quelque intérêt à faire connaître sa beauté.

*
* *

A ce petit manège des jeunes filles, dans les rues, sur le marché et dans tous les lieux publics où elles se prodiguent, il est curieux d'opposer celui des jeunes gens. Quand, le soir, ils vont à l'aventure, eux aussi se munissent de leur écharpe, mais pour un usage tout différent. C'est le voile dont ils se servent pour dissimuler leurs gestes et pour cacher leur honte, s'il n'est fait aucune réponse à leurs ardentes supplications, car, au Laos, l'homme est souvent réduit au rôle de suppliant, et les petites tasses d'eau-de-vie qu'il absorbe en faisant sa cour, sont destinées à le soutenir. Voici, quand il est inspiré, comment il s'adresse à l'objet de son choix.

KHAP. SALUNG.

Chère écharpe aux fleurs d'or,
Pourquoi rester sans mari,

Alors que tu sais qu'on t'adore?
Comme une liane, au pied de l'arbre,
Qu'elle se dispose à enlacer,
Je suis là, et je te supplie
De ne pas me détester.

Je viens maintenant te dire adieu,
Car je vais retourner chez moi.
Oh! non, je pense trop à toi.
Dans quelques jours, je reviendrai.
Adieu, belle écharpe aux fleurs d'or,
Adieu, adieu, jardin royal,
Où personne n'ose pénétrer.
Hélas, comment te prouver mon amour?
De quel moyen user maintenant?
Adieu, adieu, royal trésor,
Auquel il m'est interdit de toucher.

L'amoureux chante aussi quelquefois la chanson suivante :

KHAP. SAM. SAQ.

Filles, quand vous êtes encore jeunes,
Si votre écharpe est de deux brasses,

Vous vous plaignez qu'elle soit trop courte.
Mais, quand vous avez eu des enfants,
Alors, n'eût-elle que trois doigts de long,
Vous la trouvez trop longue, votre écharpe.

O fille, dont la joue est si tendre,
Pour qui gardes-tu ton beau corps?
O belle, partout où tu iras,
Maintenant, je vais te suivre :
En pirogue, ton piroguier,
Sur l'éléphant, je serai ton cornac.

Mais si tu deviens ou lune ou étoile,
Alors, pour te mieux envelopper,
C'est un nuage que je deviendrai.
Et si tu es sur la montagne,
Sur le pic le plus haut, le plus raide,
Ce pic-là, je l'escaladerai.

Et pourtant, si malgré tant d'efforts,
Je ne puis t'avoir, que je meure,
Plutôt que de vivre sans toi!
Abandonné, sans herbe fraîche,
Me laisseras-tu, comme le bufflon,
Mourir, sans baiser ta joue fraîche?

A de telles supplications, il arrive que la jeune fille reste sans réponse, non pas certes par pudeur, mais par coquetterie. Alors, les jeunes gens deviennent plus audacieux dans leurs chants : la moquerie, la plaisanterie à double sens, succèdent à la prière, et le plus habile est celui qui triomphe le plus rapidement des résistances, en décidant sa partenaire à prendre part à ses libations. Les strophes suivantes donnent une idée exacte de ce que les jeunes gens débitent, en ces occasions :

Ma bien-aimée est comme la tourterelle,
Qui ne peut s'habituer à sa cage.
Elle la quitte et, pleine de joie, s'envole.
Pourquoi ne pas laisser l'oiseau ami
Vivre dans ta cage, pour t'y habituer?

Ma sœur, pourquoi ce poisson, ce hâchis,
Dont tu accompagnes mon riz?
Je n'en veux pas, jamais je n'en ai pris.
Ce qu'il me faut, le mets auquel j'aspire,
C'est le sucre exquis de ta belle personne.

Tu ne veux pas de moi, mais va,
Je sais où trouver de l'argent.
Je n'ai pas besoin, pour m'entretenir
Et pour vivre, que, sur le marché,
Tu viennes me faire des achats.

Humblement, parfois, à tes pieds,
Tu vois que je viens m'incliner
Et, tout bonnement, t'imagines
Que je suis un esclave à vendre.
Eh! quoi, veux-tu m'acheter, par hasard?

Tu me traites comme un malheureux,
Qui a besoin de ta pitié.
La soie, plus d'une fois, servit à me vêtir.
Et jamais, en guise d'étoffe,
Je n'eus recours à l'écorce de bois.

Tu te joues avec le serpent,
Qui semble inoffensif et doux.
Prends garde, car il pourrait, peut-être,
Te mordre, cet innocent.

Le premier jour, le cuivre brille
Comme de l'or, mais, le jour suivant,
Il reprend son air naturel.

A l'acheteur on l'offre cher.
Lui disparu, il est pour rien.

Parmi les chemins divers
Qui s'offrent, pour la promenade,
Tu laisses le plus droit, le plus court.
Prends garde; car, hors de ce chemin,
On court souvent à l'aventure.

Si tu étais bonne, comme tu es jolie,
J'aurais chanté, quoique sans khène.
Sais-tu, petite, que, sans pilon,
Il ne suffit pas du mortier
Pour rendre le riz plus blanc?

Où peut-on planter des mûriers,
Si le terrain n'est balayé, ni sarclé?
Jamais on ne vit de métier sans corde
Pour l'attacher, ni de forêt
Sans animaux à l'ombre des grands arbres.

S'il n'y a pas d'herbe dans l'étable,
Le plus vieux buffle du monde
Ne saurait apprendre à s'y plaire.
Tu m'as frappé; ici, tu me caresses.
Je ne te pardonnerai jamais.

L'éléphant est à tes côtés,
Et tu l'accuses d'être au loin.

Ma bien-aimée, si je ne t'aimais pas,
Si je ne pensais uniquement à toi,
Depuis longtemps je t'aurais quittée.
Je t'en supplie, fixe ton regard de reine
Sur cet éléphant qui t'adore.

Je suis un pauvre arbre fruitier,
Malgré son beau feuillage, abandonné.
Où suis-je, dans quel endroit du monde ?
Je l'ignore, aveuglé par l'amour,
Par la passion que tu m'inspires.

Qui donc, en voyant ton sein merveilleux,
N'oublierait en ses mains l'aviron !
Elle va se heurter au rocher
La pirogue, si mal dirigée,
Avec tout son bagage, elle coule !

Les marchandises sont perdues.
Tant pis, non pour moi seulement,
Mais aussi pour toi, mon amie.
Car ces trésors, tu le sais bien,
Ils auraient pu t'appartenir.

Hier, ô ma bien-aimée,
Quand je t'ai vue te promener,
Le panier posé sur la hanche,
Aussitôt mon cœur a tremblé,
Et tout mon corps a tressailli.

Écoute, jamais je n'habiterai
D'autre maison que la tienne.
Permets-moi de te demander
Si, dans ta maison, qui me plaît,
Tout est complet et rien ne manque.

Le toit est-il bien couvert?
Les murs sont-ils tous achevés?
Les rotins ne font-ils pas défaut?
Tout est-il prêt, dis-le moi bien.
Tout est-il bien achevé?

Pourquoi baisser ainsi les yeux
A terre; pourquoi, du côté du ciel,
Ne lèves-tu pas ton regard?
Là haut, cachée dans les nuées,
La lune est encore si triste.

C'est triste, au point d'en mourir,
Que ta chambre ne soit pas close,

Que, sans murs, le vent y entre,
Et que, se pressant en grand nombre,
Les rats puissent y pénétrer.

S'il n'y a pas de bois pour le feu,
Alors la marmite est inutile,
Adieu les bons plats, les bons mets,
Maintenant, autant qu'il voudra
Laissez le chat miauler.

De la truffe ou du cerf farci,
Lequel vaut mieux, qui donc en doute ?
Si tu ne veux pas seulement
Mêler l'arôme au piment pilé,
Tant pis pour toi, chère petite.

Quand un bon chat est attaché,
Les rats courent dans la maison.
Pourquoi toujours, petite sœur,
T'enfermer entre trois cloisons ?
Pourquoi toujours fermer la porte ?

A quoi penses-tu petite sœur ?
Le hanneton qui, dans le tchampaka,
Dévore tout, même le cœur,

Va-t-il monter à travers les airs
Et s'envoler jusqu'à la lune ?

Lune que, tout le long de la nuit,
Je n'ai cessé de contempler,
Je suis épuisé de fatigue,
Ne daigneras-tu donc pas
Me répondre et me regarder ?

Une autre chanson que j'ai recueillie sur le moyen Mékhong, près de Lakhône, est conçue tout à fait dans le même esprit que celles de Luang-prabang :

C'est toujours du côté du courant,
Que le poisson s'élance et nage,
Car, du côté de la rive,
Les pélicans et d'autres oiseaux
Sont aux aguets et font la pêche.

Aucun homme n'ose passer seul,
Dans la forêt immense et sombre.
Mais moi, si j'étais puissant,
Comme le tigre de couleur verte,
Sans hésiter, j'y passerais.

Le cygne sacré sur l'océan
Voudrait passer avec ses ailes,
Mais je crois que c'est difficile
De franchir une distance telle.
Il serait bien vite épuisé.

Si tu es pure encore, ma belle,
Fais-le moi savoir, je te prie,
Mais si tu n'es plus, ni claire ni pure,
Comme la lune qui est pleine,
Alors, c'est au cœur de l'arbre,
Quand les insectes l'ont rongé,
Qu'il convient de te comparer.
Pourquoi baisser les yeux à terre
Et pourquoi ne pas me regarder?

Quand il trouve, sur le bord de l'eau,
Une feuille tendre de lotus,
L'éléphant la cueille et la mange.
Le citron n'est pas plus doux que le sucre,
Le plomb n'a jamais l'éclat de l'argent.

Si j'avais la lune chez moi,
Aux quatre vents de l'horizon
J'ouvrirais ma chambre bien grande,

Pour que les nuages qui l'entourent,
S'échappent et prennent la fuite.

Belle lune, que les vents,
Vers moi, veuillent te conduire !
Sur les ondes de l'Océan,
Que le courant te fasse aller !
Oh ! vent, souffle sur l'eau dormante.

Pourquoi, cachée dans les nuages,
Te gardes-tu du talisman?
Crains-tu, par hasard, le grand vent?
Petite sœur, qu'as-tu donc?
Tu feins de ne pas me comprendre.

Il n'y a pas d'arbres sans racines.
Toute branche est garnie de feuilles.
N'as-tu donc pas pitié de moi,
Et, tout seul, comme un orphelin,
Veux-tu me laisser à jamais?

Oh ! combien, auprès de toi,
J'aimerais vivre, joyau précieux!
Rien n'égalerait mon bonheur,
Rêvé dans une vie passée,
Si je pouvais te posséder.

*
* *

On rencontre une forme de poésie analogue chez d'autres peuples de l'Extrême-Orient, également épris de symboles. — Comme les Laotiens, les Malais, dans leurs pantouns capricieux, les Annamites, dans leurs quatrains d'une prosodie plus sévère, aiment à cacher sous une image gracieuse des allusions parfois mordantes. Les Laotiens sont, d'ailleurs, loin d'avoir de la poésie une conception très littéraire. Ni le nombre des syllabes, ni la rime, ni la césure, ne semblent avoir pour eux l'importance que leur ont attribuée les législateurs anciens de notre Parnasse. C'est déjà beaucoup qu'un excès de facilité ne les ait pas précipités dans les abus du bout rimé. Chez eux, la pensée est stable et l'image se poursuit. Ils ont aussi un réel sentiment de la cadence et, à défaut de règles fixes, dans la composition de leurs poésies, ils se conforment généralement à des rythmes connus, réglés par l'usage du « *khène* », aux longs tuyaux de bambou, qui leur sert d'accompagnement, tandis que les assistants soutiennent la mesure en battant des mains.

Excitées par les plaisanteries hardies des hommes et par l'air entraînant du « *tiphung* » (cueillette de la cire), il y a peu de Laotiennes qui se tiennent longtemps sur la réserve ; mais, parfois, elles se contentent d'accompagner la musique et le chant de gestes symboliques, qui n'ont, d'ailleurs, rien de commun avec ceux des Bacchantes ou des Gitanes, et rappellent plutôt la mimique conventionnelle de la chorégraphie hindoue, avec ses mouvements lents et ses poses plastiques. — Les femmes *pouthais*, qui sont de même race qu'elles, mais que la civilisation méridionale n'a pas effleurées, pratiquent une danse plus réelle où les couples, sans se toucher, se font face et obéissent à la même cadence, marquée par des bambous creux, de dimensions variées, qu'on frappe les uns contre les autres. Les

Pou-thaïs semblent tenir cette danse des Khas, aborigènes indo-chinois, qui la pratiquent également.

Au Laos, les hommes ont, plus souvent que les femmes, l'occasion de donner la mesure de leur talent chorégraphique, dans certaines fêtes religieuses, où, semblables aux Juifs devant l'arche sainte, ils accompagnent, en dansant, les statues de Bouddha et les bonzes en palanquin, dans leurs processions à travers la ville ; ils agitent les bras en même temps que les jambes et font des sauts et des contorsions.

J'ai eu l'occasion d'assister à des cérémonies de ce genre, en pays laotien et sur le territoire de Nan, en pays Youne. On célébrait, à Muong-Teung, l'anniversaire de la translation des reliques de Bouddha dans la pagode locale, et les habitants, pour honorer le saint, avaient fabriqué, avec des bambous enguirlandés et chargés de poudre, de grandes fusées qu'ils lancèrent ensuite dans les airs, comme pour donner une forme vivante à leur invocation. Ils accompagnaient triomphalement ces fusées à travers le bourg, avant d'en faire usage, et voici ce qu'ils chantaient :

« Pécheur je suis et, suivant la coutume annuelle,
« J'invoque les saintes reliques du Phra-Kodom.
« J'invoque la glorieuse empreinte de ses pieds,
« Gravés au sommet du Cham-Cho.
« Que ces fusées paraissent aux yeux du Saint
« Comme l'image des élans de mon cœur !
« Il est vrai, mais je n'en tire pas vanité,
« Que je suis fidèle aux préceptes du Vini,
« Et que les mérites m'en sont acquis.
« Je vénère les saintes reliques de Bouddha.
« Être heureux, au bonheur sans limite !
« C'est à toi que j'adresse ces offrandes.
« Grâce à toi, je possède la doctrine très pure.
« Pour que mon hommage soit plus complet,
« A toi je me sacrifie tout entier.
« Pour tes pagodes, voici de jolies fusées.
« Elles sont remplies de poudre, suivant l'usage,
« Pas plus que le bambou vivant
« Elles ne sont exposées à éclater.
« Elles sont comme l'arc en bois,
« Qui lance très loin ses flèches

« Dans ce chef-lieu de la province.
« Voici que les fusées volent au ciel.
« Émerveillés, les habitants contemplent,
« Et, stupéfaits, ils tombent en arrière.

Pendant qu'il chantait, le cortège s'avançait au milieu des danses. Le roi de Xieng-Mai est particulièrement adonné à cet exercice religieux ; on l'a vu, plus d'une fois, s'élancer au milieu des chœurs et entraîner à sa suite plusieurs princes de son voisinage.

Les Younes forment un des groupes de la race thaï, qui ont l'habitude de se tatouer le corps, depuis la ceinture jusqu'aux genoux. Ils sont très fiers de leurs tatouages, et ne perdent aucune occasion de les exhiber ; aussi, en dansant, leurs jambes nues, couvertes d'un réseau de dessins bleus, présentent-elles l'aspect le plus bizarre. Chez eux, un homme non tatoué ne mérite pas de considération, et les femmes le traitent avec mépris, refusant de se baigner à la rivière dans son voisinage, car il a négligé de donner une preuve de son énergie et de son courage, en refusant de livrer son corps à l'aiguille du tatoueur.

D'ailleurs, accessible aux séductions de l'homme, la femme Youne éprouve elle-même le besoin de le séduire. Aussi, est-ce le buste découvert, sans être munie d'aucune écharpe, qu'elle vaque le plus souvent, même à l'extérieur, à ses occupations.

Moins efféminés que les Laotiens, quoique plus souvent présents à leur foyer, les Younes ont un sentiment plus vif de leur dignité virile. Plus fiers encore sont les Lus, leurs frères du Nord. Toujours en quête de querelles et de combats, ceux-ci rougiraient de s'humilier pour un motif d'amour. Aussi ne les voit-on pas, langoureux et fleuris, se traîner à la remorque des filles. Quand ils entrent, le soir, dans les maisons, ils ne craignent pas de déclarer ouvertement à la mère elle-même l'objet de leur visite, et, pourvu qu'ils agissent rapidement et qu'avant le chant de l'alouette ils aient disparu, pour eux il n'est question ni de reproches ni de *peng-pi-heun*. Ce sont eux aussi qui, pour communiquer la nuit avec leurs belles, ont imaginé l'ingénieux moyen qui s'est répandu dans tout le Laos septentrional. Dans le plancher de la maison, construite sur pilotis, les filles ont généralement, près de leur couche, un trou. Le jeune homme qui s'en approche tend un bâtonnet, puis la main, et si ses avances sont accueillies, on lui répond aussitôt par une main tendue, puis par un bras, les privilégiés étant admis à la faveur du côté gauche, mais le côté droit reste à l'abri, car il appartient à l'ami définitif, à celui qui épousera ! Voici une chanson laotienne qui fait parfaitement comprendre cette coutume; elle est connue sous le titre de :

KHAP-SE-BOLOM.

O belle, quand, au troisième jour de la Lune,
Tu vas au fleuve te baigner,
Et quand, pour te rendre plus belle,

Tu mets ton corps d'accord avec ta robe,
Pour colorer ta figure et tes seins,
Suffit-il de trois paniers de safran ?

Quand, seule au bois tu te promènes,
Combien tu sais jouer des gestes et des yeux
Pour attirer le regard des hommes !
Oh! belle fille, à la joue si fraîche,
Jamais tu n'auras assez de recoins
Pour cacher tous tes amoureux.

Le soir, quand au poulailler
Je me glisse pour te rencontrer,
Ou quand, par le trou du plancher,
Du grenier je tends la main pour te toucher,
Ou bien quand, sous la véranda,
Avec toi je viens simplement causer,

Que ta mère m'adresse des reproches
Ou même quelque insolent juron,
Je ne dirai rien, je ne me fâcherai pas,
Sois en sûre, ma belle, ma bien-aimée,
Laisse-moi donc, oh, je t'en supplie,
Un petit coin chez toi, pour me cacher.

Si la femme Lue a moins de prestige

amoureux que la Laotienne, elle a, dans le règlement des affaires publiques, une importance beaucoup plus grande. Les Lus étant fort amateurs de palabres et de coups d'éclat, c'est sur ces sortes de choses que se portent l'attention et l'esprit d'intrigue de leurs femmes. On les voit prendre part aux discussions les plus sérieuses, entrer directement en relation avec des étrangers, présider des conseils d'hommes et diriger les affaires pendant l'absence de leur mari ou la minorité de leurs fils. J'ai conservé un ineffaçable souvenir des petites cours du nord de l'Indo-Chine, de Xieng-Hung, notamment, où, tandis que son mari menait la vie des camps et était en guerre sur les confins de sa principauté, la Reine vit venir des voyageurs Anglais, accompagnés de soldats, puis des Français, également armés, sans s'agiter à l'arrivée de ces étrangers, tels que jamais elle n'en avait vu jusque-là. La présence d'un agent Chinois et de réfugiés Birmans, au même moment, sur son territoire, ne la troublait pas davantage; douée d'une

Fête Kita (dessin laotien).

sagesse vraiment singulière, elle se tira avec autant de grâce que d'habileté, de la situation difficile où des événements imprévus l'avaient placée. Quand, plusieurs jours après, je fus amené à établir une comparaison entre elle et son jeune mari, lâche et vantard, couché sur ses munitions, auprès de sa pipe d'opium, je conçus une haute idée de la valeur des femmes thaïs, quand elles font passer les affaires publiques avant leurs affaires de cœur. — Ce n'est pas le seul exemple qu'on puisse citer de l'intelligence et de la bonne grâce des princesses thaïs : La vieille reine de Luang-prabang, brandissant un grand sabre et faisant appel à tous ses sujets pour la défense de leur pays, envahi par des bandes chinoises, n'est certes pas une figure banale. D'autre part, je ne puis oublier cette princesse de Muong-Pray, qui nous fit un jour si aimable accueil, au milieu des jolies filles qui formaient sa cour, et qui, de la porte de son palais, voulut assister au départ de notre long défilé d'éléphants, pendant que son joyeux cortège se munissait de fleurs et que, des marches de la pagode, ses filles, abritées sous des parasols dorés, nous adressaient de gracieux sourires.

*
* *

Pour compléter ces impressions fugitives, je me vois, passant de longues heures dans une des pagodes de la petite ville de Nan, entourée de murailles en briques crénelées et si curieuse sous la frondaison des banians et des cocotiers, ombrageant des éléphants entravés, des temples, des pyramides et des palais de bois où semble régner un éternel silence. — Un artiste indigène avait tenté de fixer sur les murs de la pagode sa conception de la femme thaï, et ma surprise était extrême, vu les formes conventionnelles et mythologiques de l'esthétique indo-chinoise, de rencontrer là, pour la première fois, une franche et loyale manifestation d'art. L'une des fresques représentait une femme Youne avec sa jupe multicolore, le buste libre, quoique une écharpe fût légèrement posée sur ses épaules. D'un geste élégant, elle portait ses mains derrière la tête, pour fixer un bouquet de fleurs dans sa coiffure, que terminaient les deux coques traditionnelles des femmes de sa race.

Et, non loin de là, une scène, plus suggestive encore, mettait en présence un couple, au moment où l'homme, encore hésitant, va porter la main sur sa compagne, et où leurs regards, inquiets et provocants, se rencontrent et s'attirent. La puissance de l'expression était telle qu'il n'y avait pas lieu de s'arrêter aux incorrections du dessin ; d'ailleurs, la belle au bouquet était de forme irréprochable, toute semblable à ces femmes que je venais de croiser dans la rue, s'amusant à combiner les couleurs de leurs écharpes vertes ou oranges, avec le tchampaka ou le hilang-hilang, dont elles paraient leur chevelure, ou bavardant avec leurs amis, venus tout exprès à cheval, des villages voisins, pour les rencontrer sur le marché.

Ainsi, non seulement par la poésie, mais par la peinture elle-même, l'âme indo-chinoise est capable de se manifester en dehors de toute convention. Elle manque, le plus souvent, d'occasions, les Mécènes étant rares dans ce vaste pays couvert de brousse et de forêts, où l'on est trop préoccupé du riz de chaque jour, pour accumuler des richesses, à plus forte raison pour les dépenser. — Ce n'est assurément pas l'esprit d'observation qui manque, surtout dans ces pagodes, où les bonzes rêveurs assistent à toutes les manifestations de la vie, et où l'absence de tout souci est favorable à l'éclosion des œuvres d'art. — J'ai eu l'idée de faire dessiner par l'un d'eux quelques scènes de la vie des Khas, aborigènes depuis longtemps soumis aux Thaïs envahisseurs et maintenus dans une sorte de servitude, où ils ont su garder les traits originaux de leur race. Je ne me trompais pas dans mon calcul, car, aux scènes de la vie des bois et des champs, aux combats et aux chasses vinrent s'ajouter rapidement les fêtes et les jeux. J'eus ainsi

Jeux de Khas et de Laotiens
(dessin indigène).

l'occasion de saisir, sur le vif, le contraste que les Laotiens prétendent exister entre leurs propres mœurs et celles de leurs sujets. Les Khas sont toujours représentés comme des grotesques, ivrognes et gourmands, quand ils sont installés autour de la jarre commune, où chacun aspire avec son chalumeau, ou bien, quand, s'avançant derrière un chef de file, ils dansent en frappant des bambous l'un contre l'autre.

Au jeu de la savate, les Laotiens, naturellement, l'emportent, aux applaudissements de leurs compatriotes, pendant que les compagnons du vaincu regardent avec stupeur et que leurs femmes sourient et encouragent des yeux les vainqueurs. Tandis que, dans les fêtes laotiennes, la femme est toujours représentée correcte et réservée, chez les Khas, on la voit se mêler aux danses des hommes, excitées par le son du tam-tam et de la flûte, et se prêter, en public, à leurs galanteries.

*
* *

A leurs propres yeux, les Khas sont une race inférieure, mais, si comme beaucoup d'êtres simples, ils trouvent souvent du plaisir dans leurs amusements grossiers, il ne faut pourtant pas les considérer comme incapables de toute délicatesse. Ils savent chanter à leurs heures, aussi bien que les Laotiens, mais leur chanson est humble et mélancolique, ainsi qu'il convient aux fils de la glèbe.

Un jour, c'était dans les montagnes qui avoisinent le cours du Mékhong, tout près de la frontière de Chine, deux guides me précédaient. L'un gaiement caracolait à cheval, c'était un mandarin Lu ; l'autre, un montagnard Kha-Kho, marchait rapidement pour n'être pas dépassé. Et, tandis qu'au-dessous des cimes, les nuées peu à peu s'élevaient, le cavalier se mit à chanter à tous les échos la strophe suivante :

J'ai couru, par monts et par vaux,
Nulle part, ô ma bien-aimée,
Je n'ai trouvé fille qui te valût.

Je l'interrompis alors pour faire appel au Kha-Kho qui, à son tour, entonna la chanson suivante :

Oh, malheureux que nous sommes,
Nous qui vivons sur cette terre,
La travaillant, alors qu'elle n'est pas nôtre,
Elle appartient à nos maîtres,
Notre travail aussi leur appartient.

Où êtes-vous donc, jeunes filles,
Vous qui ne me répondez pas,
Vous qui me laissez chanter tout seul,
Et crier à tous les échos,
Jusqu'à ce que j'en perde la voix ?

Êtes-vous dévorées par les tigres ?
Êtes-vous avec vos amants ?
Répondez-moi donc, jeunes filles,
Car je vous aime et, pour vous trouver,
J'ai couru jusqu'en ce bois solitaire.

Car je vous avais aperçues,
Du sommet de la montagne,
Plusieurs fois je vous ai vues,
Alors que vous étiez dans les rays....

....

A chaque strophe il lançait dans l'air un cri plaintif, qui eût pu se répéter au loin, sur toutes les montagnes du nord de l'Indo-Chine, car c'est la plainte du serf qui travaille, pendant que d'autres se prélassent. Or, tandis que le Laotien flâne, le Kha laboure.

Sur les sommets du Nam-Ta, j'ai recueilli, chez les Khas-Mouks, une autre chanson d'allure aussi humble que la précédente :

LE JEUNE HOMME.

Je voudrais demeurer sous ton toit,
Du matin au soir être avec toi,
Dans les champs t'aider au travail,
Creuser la terre, arracher l'herbe,
A la brousse, allumer le feu,

Festin Kha (dessin laotien).

Abattre le bois que, vers la fin du jour,
Ensemble nous porterions.

LA JEUNE FILLE.

Hélas ! à t'écouter, je ne peux prendre confiance,
Car mon humble case est malpropre,
Ma condition est inférieure à la tienne.
N'es-tu pas fils de l'étoile matinale ?
Moi, je suis la fille du noir corbeau.
Dis-moi comment tu pourrais m'aimer ?

LE JEUNE HOMME.

Ma sœur, pourquoi dire et penser ainsi ?
Comme toi, c'est la montagne que j'habite.
En quoi ma case est-elle plus belle que la [tienne ?

LA JEUNE FILLE.

Oui, tu me parles ainsi du bout des lèvres,
Dans ton cœur, je sais qu'il n'y a pas d'amour.

Le pessimisme peut-il être considéré comme une illusion d'esprits blasés, quand on le retrouve aux extrémités de l'Asie antérieure, chez les races les plus primitives, les moins compliquées ?

J'avais commencé par parler de gens heureux, passant leur vie au milieu des fêtes et des fleurs. L'image morale du Laos ne serait ni exacte ni complète, si, aux plaisirs des Laotiens, je n'avais opposé la tristesse des Khas. N'est-il pas vrai, souvent, en tout pays du monde, que l'insouciance des uns s'étale à côté de l'infortune des autres ?

Pierre LEFÈVRE-PONTALIS.

TABLE

XV. — *Les Chants et les Traditions populaires des Annamites*, recueillis et traduits par G. Dumoutier. In-18 .... 5 fr.

XVI. — *Les Contes populaires du Poitou*, par Léon Pineau. In-18 .... 5 fr.

XVII. — *Contes Ligures*, traditions de la Rivière, recueillis par James Bruyn Andrews. In-18... 5 fr.

XVIII. — *Le Folk-Lore du Poitou*, par Léon Pineau. In-18 .... 5 fr.

XIX. — *Contes populaires malgaches*, recueillis, traduits et annotés par Gabriel Ferrand. In-18....... 5 fr.

XX. — *Contes populaires des Bassoutos*, recueillis et traduits par E. Jacottet. In-18 .... 5 fr.

XXI. — *Légendes religieuses bulgares*, traduites par Lydia Schischmanoff. In-18 .... 5 fr.

XXII. — *Chansons et fêtes du Laos*, par P. Lefèvre-Pontalis. In-18 .... 2 50

Contes du Pelech, par Carmen Sylva (S. M. la reine de Roumanie). In-18 de luxe. .... 5 fr.

Légende de Montfort la Cane. Texte par le baron Ludovic de Vaux. Illustrations en couleurs par Paul Chardin. In-4 de luxe, illustré en chromotypographie, lamaïeux, vignettes à huit teintes .... 15 fr.

Contes Russes. Texte et illustrations par Léon Sichler. In-4, avec plus de 200 dessins originaux, et couverture en chromotypographie .... 15 fr.

Le Chansonnier français, à l'usage de la jeunesse. In-18, illustré .... 2 fr.

www.ingramcontent.com/pod-product-compliance
Ingram Content Group UK Ltd.
Pitfield, Milton Keynes, MK11 3LW, UK
UKHW021202220726
13924UKWH00003B/1285

9 782019 925772